collection émeraude

MW01711332

le petit chaperon rouge

adaptation de Marguerite Maillet
illustrations de Jocelyne Doiron

Bouton d'or Acadie

Une fois, c'était une petite fille qui vivait seule avec sa mère. Sa grand-mère lui avait fait cadeau d'un long manteau rouge muni d'un capuchon. La petite fille était si contente qu'on la voyait toujours enveloppée de cette chape rouge, et tout le monde l'appelait le petit chaperon rouge.

Un jour, la mère du petit chaperon rouge, qui venait de cuire des galettes, dit à sa petite fille :

— Voudrais-tu aller voir comment se porte ta grand-mère ? Tu pourrais lui emporter des galettes et du miel.

— Oh ! oui, maman ! J'y vais tout de suite.

Sans perdre de temps, le petit chaperon rouge saisit son panier, dans lequel sa mère dépose des galettes et des pots de miel, puis elle prend la route qui longe le bois.

Un loup l'aperçoit.

— Bonjour, petite fille. Où vas-tu aujourd'hui ?

— Je vais voir comment se porte grand-maman, et je lui emporte des galettes, du miel et des fleurs.

Le petit chaperon rouge, en effet, voulait offrir des fleurs à sa grand-mère. Or, pendant qu'elle s'amuse à choisir les plus belles, le loup court vers la maison de la grand-mère.

— Toc, toc, toc !

— Qui est-ce ?

— C'est le petit chaperon rouge.

— Oh ! tire la chevillette, la bobinette cherra.

Le loup ouvre la porte. Mais sitôt qu'elle entend son pas pesant et lui voit le bout du nez, la grand-mère va s'enfermer dans l'armoire.

« Eh bien ! si je ne peux m'attaquer à la grand-mère, je peux attendre la petite... », se dit le vilain loup.

Il avise, sur la chaise berçante, une chemise et un bonnet de nuit. Il s'en empare, se couche dans le lit de la grand-mère, et remonte les couvertures jusqu'à ses oreilles.

Pendant ce temps, le petit chaperon rouge s'amuse toujours à cueillir des fleurs, à regarder les papillons, et elle s'aventure dans le bois.

— Hé ! où vas-tu, petite ? lui crie un bûcheron.

— Je vais voir grand-maman.

— La maison est tout près, le long du chemin. N'entre pas plus loin dans le bois, tu pourrais rencontrer des loups.

Sans s'attarder plus longtemps, le petit chaperon rouge se rend à la maison de sa grand-mère.

— Toc, toc, toc !

— Qui est là ? demande le loup d'une voix faible.

— Grand-maman, c'est votre petit chaperon rouge.

— Tire la chevillette, la bobinette cherra.

Le petit chaperon rouge entre, et reste toute surprise : sa grand-mère est couchée, elle doit donc être très malade.

Le petit chaperon rouge dépose son panier et ses fleurs sur la table, puis s'approche du lit. Elle n'a jamais vu sa grand-mère couchée. Elle en est toute triste.

— Mais, grand-maman, comme vous avez de grands yeux !

— C'est pour mieux te voir, mon enfant, dit le loup d'une voix mielleuse.

Le petit chaperon rouge se rapproche, et regarde de plus près.

— Grand-maman, comme vous avez de grandes oreilles !

— C'est pour mieux t'entendre, mon enfant.

— Grand-maman, comme vous avez de grandes dents !

— C'est pour mieux te manger, mon enfant.

Effrayée par ces mots, le petit chaperon rouge court dehors en pleurant et en criant, tandis que le loup s'empresse de sortir du lit.

Lorsqu'ils entendent le petit chaperon rouge, les bûcherons volent à son secours alors que le loup s'enfuit vers le bois à toute vitesse.

La grand-mère, toute pâle, pleurant et riant à la fois, sort de son armoire. Le petit chaperon rouge, qui tremble encore, se jette dans ses bras.

On dit que la grand-mère et le petit chaperon rouge étaient très heureuses de pouvoir partager les galettes avec les braves bûcherons.

À propos de Bouton d'or Acadie…
Depuis longtemps en Acadie, à la saison florissante, la nature est parsemée de marguerites jaunes qu'on surnomme boutons d'or. En hommage à cette vision fleurie, la fondatrice de Bouton d'or Acadie enr., Marguerite Maillet, a voulu représenter l'entreprise par le symbole floral que rappelle son prénom. Exprimant à la fois le respect d'un imaginaire ancestral et de l'éclosion de la jeunesse, Bouton d'or Acadie enr. participe au développement de la littérature jeunesse en Acadie et partout dans le monde. (Judith Hamel)

Adaptation par Marguerite Maillet d'un conte traditionnel déposé au Centre d'études acadiennes ; version racontée à Lois Samson, par Mary Samson (67 ans) de Petit-de-Grat, en Nouvelle-Écosse.
Illustrations de Jocelyne Doiron.

Maquette de la couverture : Jovette Cyr et Marguerite Maillet
Mise en pages : Marguerite Maillet
La 4e page de couverture : texte de Judith Hamel
illustration de Claude Guy Gallant

Collection émeraude : ISSN 1206-291X
Les trois pommes d'or : ISBN 2-922203-27-1
Imprimeur : Transcontinental Impression
Distributeur : Prologue
Dépôt légal : 2e trimestre 2000
Bibliothèque nationale du Canada
Bibliothèque nationale du Québec

100B - 236, rue St-Georges
Moncton, N.-B., E1C 1W1, Canada
Téléphone : (506) 382-1367
Télécopieur : (506) 854-7577
Courriel : boutonor@nb.sympatico.ca

Bouton d'or Acadie a bénéficié de l'aide financière du Conseil des Arts du Canada et de la Direction des Arts du Nouveau-Brunswick pour la publication de cet ouvrage.